万葉創詩

―いや重《し》け吉事《よごと》

永井ますみ

竹林館

万葉創詩 ――いや重《し》け吉事《よごと》

目次

カバー画

日下常由（くさかつねよし）

「籠もよ　み籠持ち　ふくしもよ」

籠《こ》もよ　み籠《こ》持ち
ふくしもよ　みぶくし持ち
この岡《をか》に　菜摘《なつ》ます児《こ》
家《いへ》聞かな　名告《の》らさね
そらみつ　大和《やまと》の国は
おしなべて　我《われ》こそ居《を》れ
しきなべて　我こそいませ
我こそば　告らめ　家をも名をも

（雄略天皇）

提供：**多賀城**万葉デジタルミュージアム

万葉創詩

――いや重《し》け吉事《よごと》

堅香子《かたかご》の野

春浅い午後
つめたい光射す野を友と歩く
あけびの蔓で編んだ籠を肩に斜に掛けて
木を削った根掘りの道具を手に持って
蹲《うずくま》る堅香子《かたくり》の群

落ち葉の原をかさこそ
音立てて男たちが通る
深くひれ伏して
ひたすら
過ぎるのを待っている

籠《こ》もよ　み籠持ち
掘串《ふくし》もよ　み掘串《ぶくし》もち
この岡に　菜摘《つ》ます子
家告《の》らせ　名告らさね
そらみつ　大和の国は
おしなべて　われこそ居《を》れ
しきなべて　われこそ座《ま》せ

吾にこそは　告《の》らめ
家をも名をも

巻1・1　雄略天皇

うつむく堅香子の
あごをくいと仰向けられて
耳のつけ根まで真っ赤になってしまったけれど
お父様に話さなくては

あの方はどなた
われこそと三度もおっしゃった
とろりとした絹の衣裳を着てらしたわ
鹿を撃つ弓を持っていらした
ああ
遠くに繋いだ馬が高鳴いたわ

おお籠　よい籠
掘串も　よい串
少女よ　菜を摘むか
おまえの名は　家は
そうだ　この日本は
おれが　治めている
おれが　従えている
おれにこそ　言うがよい
おまえの名も家も

ほめ歌を詠うひと

あの方《仁徳天皇》は葛城の山に茂る木をほめ
川に流れる水をほめ
ただに転がる石をほめ
わたくし《磐媛》を
さわやかに流れる黒髪と生気あふれるひとと　ほめた

またある時は川辺に立ち　土工を従え
柴を置き土を置き　踏み固め突き固め
また柴を置き土を置き　踏み固め突き固め
土塁を築き
川筋を換えた

遠いくにの人たちを従え守りとなし
荒れる川をも従え
国々の宝を取り込み
豊作をもたらし
大和のくにの大王であり続けるためには
ほめ続けること
これが定めなのだと
わたくしの耳元で熱くささやいたひと

あなたは今どこへ行かれたのか
茅渟《ちぬ》の海に続く吉備の里の
また更に遠い日向《ひむか》の里の
岸に向かって木をほめ岩をほめ
そこに住む女《むすめ》の輝くひとみをほめ
柔らかく締まる太ももをほめ
そのうえの黒々とした繁みを
ほめているのか

君が行《ゆき》　日《け》長くなりぬ　山たづね迎へか行かむ　待ちにか待たむ
巻2・85　磐媛

かくばかり恋いつつあらずは　高山の岩根し枕《ま》きて　死なましものを
巻2・86　磐媛

ありつつも君をば待たむ　うちなびく　わが黒髪に霜の置くまでに
巻2・87　磐媛

秋の田の　穂の上《へ》に霧《き》らふ朝がすみ　いっぺの方《かた》に　わが恋いやまむ
巻2・88　磐媛

85　おでましが久しくなった山をたずね迎えに行こうか待ちに待とうか
86　これほどにこがれていずに高山の岩を枕にむしろ死のうか
87　このままで君を待とうよわが髪のこの黒髪に霜が置くまでも
88　秋の田の穂なみにかかる朝かすみいつになったら恋が晴れるか
＊柴を置き土を置き　踏み固め突き固め＝土木工事の版築工法をいう

角島《つのしま》の若女《わかめ》

比治奇《ひじき》灘に春の潮が寄せるころ
若芽は背を伸ばしその緑の領布《ひれ》をひろげて
ざぶりざぶりと波に振る

まだ浅い陽のなかで
腰まで水につかって
私は大きな領布《ひれ》のような若芽を刈ります
若芽は岩や砂に根っこを踏んばり
触れるとぬるり粘い液を出して身をくねらせる

不覚にも足滑らせた私を
男はどこで見ていたのでしょうか
比治奇灘に流されそうな私に取りつき
浜に引き揚げてくれました

太い腕
褐色の胸
男の望むまま
そういう関係になるのは必然でありましょう

男は船を操るのを得意とし
大きな声で歌います
私の恥ずかしがるのをものともせず歌います

角島の瀬戸の若布《わかめ》は人の共《むた》　荒かりしかど　わが共《むた》は和布《にきめ》

巻16・3871　作者不明

角島の浜辺で
ギイギイと寄せてくる船の音を聴きながら
須恵器で作った大なべに浜の潮を沸かし
浜で洗った若芽をさっと浸けて
かんからかんと陽に干して
ヤマトに納める荷を作ります
男はその荷を背負い
道々歌って行くのでしょう

角島の瀬戸のわかめはなびいたよ
人にはつらいが　おれにはなびいた

対馬嶺《つしまね》

この対馬は
韓《から》の国と大和の真ん中にあるという
広い海のただ中の
棒っくいのように突っ立っている島
ふるさとの筑波のように
深山の底から
濃い霧が湧き出てくることはない

高みに望楼があって
そこからの見はりが俺の仕事だ
西も東も北も南も海が広がっている
荒れていると
岸に這い上がってくる異形の者の姿を思い身構える
珍しく凪ぐと
潜む輩を探してガラガラ石の浜に目を凝らす

対馬《つま》の嶺《ね》は　下雲《したくも》あらなふ　上《かみ》の嶺に　たなびく雲を　見つつ偲はも

巻14・3516　作者不明

生まれたふるさとに漕ぎ戻りたいと思うが
どうやって連れて来られたのやら
ただに歩き
呆れるほど船に乗ったような
今は対馬嶺に立つ俺の
長い長い影が海に落ちる

夜になれば
夜の寂しさにあらがい
俺たちは歌う
歌垣《うたがき》のなぁ
筑波の山の
霧に紛れて
得た女
しっとり濡れた
下雲の慕わしさ
どうしているかと歌いながら
眠るしかないのか

対馬嶺は下雲がない
上の嶺のたなびく雲をみながら妻を偲ぼう

大口《おおぐち》の真神《まかみ》の原を

藁筵《わらむしろ》の戸口を
ほとほと叩く人をいれて
見あげると
空が怪しい
心騒がす風のにおい
笹の音
そのまま
心騒がせて
床《とこ》に倒れ込む
差し交わす腕と腕
こんなにあつく

来た人を帰す

帰す
大口の真神の原に風騒ぎ
真っ赤な口をぱっくりと開けて
金の目光らす狼の
いきなり現れそうな
真暗闇

あの声は篠竹の叫びか
獲物をねらう神の雄叫びか
雲の垂れこめた空に
一閃光が走る
いやいやと
血塗れた幻を振り払う

三諸《みもろ》の　神奈備山ゆ　とのぐもり雨は降り来ぬ
雨霧《あめぎ》らい風さへ吹きぬ
大口の真神《まかみ》の原ゆ
思《しの》ひつつ帰りにし人　家に至りきや

巻13・3268　作者不明

三諸の神奈備山から雲がなびき雨が降って来た
空がくもり風まで吹き出した
真神の原を通って
わたしを思って帰った人が家に着いただろうか

噛み酒というを

遠い都へ行かれると
しばらくは来られぬという人に
抱かれる
手枕の太い腕
耳朶を甘噛みする
熱い息
かならず
必ず無事に帰りたまえ
私は昔
神に捧げられた噛み酒というを
醸《かも》して待つことを誓う

隣の婆に
おお
その白い貝のような可愛らしい歯で
褒められながら
教えられるままに蒸した古米を噛む
こめかみがぴくぴくするまで噛む
瓶《かめ》を藁敷きで囲いこみ
部屋の片隅に置いて

朝な夕なに覗き込む
人肌の温かみとその泡立ちを
ほうっと上がってくる匂い

明るい昼に見覚えのある男が訪なう
わが主《あるじ》は　戻るには戻られましたが
故のありければ　しばらく来られませぬ
と
渡された都の柔らかな絹の織物
しばらくして流れてくる嫁取りの噂

都からの女《おみな》かや
あまりに歯がみしてこめかみが痛い
小さな瓶に溜めおいたものからは
饐《す》えたにおいが
漂うてくる

味飯《うまいひ》を水に醸《か》みなし　わが待ちし　かひはかつてなし　直《ただ》にしあらねば
巻16・3810　作者不明

よい米で酒を造って待っていたのに　そのかいもない
じかに出て来なければ

牟婁《むろ》の湯にて

後の世に乙巳《いつし》の変といわれた大極殿の変事があった日
血の気を失って
倒れこむように
部屋へお戻りになる皇極天皇《おかあさま》とすれ違って
私は見ました
六月のざんざんと降る雨のなかを走る
血刀をさげた中大兄皇子《おにいさま》の凛々しさ

そのおにいさまが嫁げというなら嫁ぎます
その人が
実の叔父にあたる人であっても
五十歳という老境にかかった人であっても
おにいさまの政治改革とやらに加担するなど
私には遠い
分からないことですが

おにいさまが飛鳥へ帰ろうというなら帰ります
八年間もおそばにいて
ようやく親しみを覚えはじめた孝徳天皇《あのかた》を
難波《なにわ》長柄《ながら》豊碕宮《とよさきのみや》に置いたまま

おにいさまの　吾らこそ世界の中心
吾らが動いて歴史が作られるというお考えには
頷くことができませんが

そしてこたびは
義理とはいえ　有間皇子《むすこ》を謀反の罪に問う企み
吾らが待つ牟婁の湯へ悄然として護送され
道々
浜松の枝を結んで無事の帰還を祈ったという
その十八歳の暗澹

皇位という優位
今の栄華を願い
少し先の栄華を夢見
血で争いあう無残なその末を
思うことができない人の愚かさ
おにいさまが愚かというのでは決してないけれど

君が代も　わが代も知るや　磐代《いわしろ》の　岡の草根を　いざ結びてな
巻1・10　中皇命《なかつすめらみこと》

磐代の草はわれらの運を知る
草結びして寿を祈りませ

磐代《いわしろ》の浜松

孝徳天皇《父君》が難波の宮で亡くなられる前
中大兄皇子には警戒せよとあれほど言われたのだった
奴は異母兄であり妻の親であった古人皇子《ふるひとのおうじ》をも殺したのだ
吾の跡を継いで王になろうとなど思うな
三韓の情勢もそれに絡んだ唐の情勢も
弱冠十五歳のお前には荷が重すぎる
そして見ての通り難波の宮はカラッポで
お前の味方はどこにもいないのだ

それからは吾《有間皇子》は気がふれたふりをして過ごした
情けない父を越えることのできない
更に情けない皇子として

斉明天皇《おばあさま》と中大兄皇子に牟婁の湯をお薦めしたのを
逆手に取られたのだろうか
留守居役の男におばあさまを謗《そし》られた
香山の西から石上山まで溝を掘り
舟で石を運んで垣を造る愚かさを
そうじゃそうじゃ民の力を削ぐばかりのと
それに小気味よく返事を返した

そこで止めておけば良かったのに
男の館に足まで運んだのだ
謀反としてその男に捕らえられた

磐代の浜松が枝《え》を引き結び　真幸《まさき》くあらば　また還《かへ》り見む
巻2・141　有間皇子
家にあれば笥《け》に盛る飯《いひ》を　草枕旅にしあれば椎《しい》の葉に盛る
巻2・142　有間皇子

捕らわれて
おばあさまと中大兄皇子の待つ
牟婁の湯へ向かう時の歌だ
松を結んでこの件の無事に終わらんことを
椎の葉に飯を供えて神の力添えを祈念した

後に罪を問うゆえ今は都へ帰れと言われ
やれ嬉しやと　結んだ松を解き神に御礼を捧げ
ほぼ一日歩いた頃に伝令が馬で来たのだ
絞首せよと

141　磐代の浜松の枝を結んでおき
無事であったらまた来て見よう
142　家にいると椀に盛るべき飯だのに
旅に出て来て椎の葉に盛る

いずれの神を

わたつみの　いづれの神を祈らばか　行くさ来《く》さも　舟の速けむ

巻9・1784　作者不明

神代の昔から
語りつづけられた伊弉諾《いざなぎ》、伊弉冉《いざなみ》の物語
男神が黄泉の国から立ちかえって
日向の阿波岐原《あはぎはら》で禊《みそぎ》をなさいました時にお生まれになった
三柱《はしら》の神々
底つ　海《わたつみ》の神
中つ　海の神
上《うわ》つ　海の神
いずれの神を祈りて
貴方は無事に御帰還なさいますか

才能と愛嬌があふれていたばかりに
唐に長く留められた方もおられます
ふりさけみればと歌われた
麗しい月が
嘆きの月となり果てて
今日も

茅渟《ちぬ》の海に浮かんでおります

唐の起源を偲べば
盤古《ばんこ》なる巨人が死にし時
その血が海になったとか
塩辛い海
塩辛い血
人と人の塩辛い諍いが果てなく続いているようでございます

吾らの思惑の外を流れる海の道
島があれば島を舐めるように　上つ　海の神
海の底から湧き出すガスを支配する　底つ　海の神
狭い海峡を渦巻く　中つ　海の神
それは血の流れのようにうごめき
ときめいて

海の神々に嫌われぬように
また好かれ過ぎぬように
こっそりと通われませ
茅渟の海に月が照っております

海の中のどちらの神に祈ったら
行きにも来にも速く漕げるか
＊茅渟の海＝和泉・淡路の両国の間の海の
古名　現在の大阪湾一帯
＊詞書に入唐使に贈る歌とある

紫野ゆき標野《しめの》ゆき

見られている　確かに
鹿の目でなく兎の目でなく　確かに
広い標野の春に紫草を探すというのは
口実
子までなした私と大海人皇子《おおあまのおうじ》の仲を引き裂いた天智天皇の
目
まことに離れたかとさりげなく目を配って
念押しがその日のあの方の催した宴でありました
今日の　標野での成果やいかに
歌に書き留《と》めよと筆と紙が回ってきたのでした

あかねさす紫野ゆき標野《しめの》ゆき　野守は見ずや君が袖ふる

巻1・20　額田大王

おおっ
と宴席からどよめきがあがりました
君が袖ふるどころではありません
目を合わせせない事に必死のふたりでした
このような大胆な創作は勇気あると思われたのでしょうか

やがて昔の吾が背にも筆が回り
彼も試されたのでした

紫草《むらさき》の　にほへる妹《いも》を憎くあらば　人妻ゆゑにわれ恋ひめやも
巻1・21　大海人皇子

歌い上げられた恋の歌を聴いて
私は内を向いて少し笑いました
私にだけ感じられる貴方の強い志《こころざし》
私のことを兄の妻であると
既定事実にすがった凡作ではありますが
あえて素直に「恋う」というのが
あの方のお心に叶うことであると
長い間の兄弟の確執で学んだことでありましょう

今は良い　道化のふりをしてでも何としてでも
大海人《あなた》皇子との恋の証《あかし》である十市皇女《ひめみこ》を守りぬくこと
そのためなら何度でも標野に参りましょう

20　紫草の標野をあちへこちへ行き
人は見るのに君が袖振る

21　うつくしい君をにくいと思うなら
なんで人妻にこがれるものか
（大海人皇子が応えられた御歌）

絆は結べど

鯨魚《いさな》とり　近江の海を　沖放《さ》けて　こぎ来る船　辺付《へつ》きて
こぎ来る船　沖つ櫂《かい》　いたくな撥《は》ねそ　辺つ櫂　いたくな撥ねそ
若草の　夫《つま》の命《みこと》の　思ふ鳥立つ

巻2・153　倭姫

中大兄皇子についていくとお父様《古人大兄皇子》が決めた縁談に従った
讒言とびかう政権の中枢で立ち往生したお父様を
まさか夫が殺すことになろうとは

中大兄皇子は
たまたま子どものできなかった私を置いて合わせて八人もの妻を持ち
合わせて十六を越える子どもを持ち　孫を入れるとさて何人になるか

弟の大海人皇子もそう
九人もの妻と十六を越える子ども　何人もの孫
それらをしっかりした絆にしたいと私は手を入れてきた

二本の太い芯糸を華やかな色糸で取り巻く編紐のように
娘たちを大海人皇子に嫁がせ
大海人皇子の娘たちを吾が子たちに娶《めあわ》せた

色糸を右へやってはギリギリ
左へやってはギリギリしばりつけた

妻が夫を窮地に落とす機略
夫が妻の父を殺すような殺伐
それはあってはならないと
絆を強めることにつとめた
がんじがらめの係累の糸

吾《天智天皇》が夫が病の床に伏した時
弟《大海人皇子》に政権を任せようとしたのに
彼は吉野に隠れたのだ
私《倭姫》と大友皇子で担いたまえ
と言い置いて

ついに芯糸のひとつ
わが背が消えていく
絆はいつまで耐えるだろうか
近づく船の櫂の音が怖い

みずうみの近江の海を沖合からこいで来る船　岸近くこいで行く船　沖こぐ櫂をはげしく掻くな　岸こぐ櫂をはげしく掻くな　なつかしい夫の愛された鳥が飛び立つ

行き過ぎがたき世に

木の葉がわずかに色づくころ
ひそやかに木戸を叩く音がする
二つ違いの大津皇子《おとうと》の切迫した声

姉さんこれでお別れだ
あの人は自分の産んだ息子以外を生かしておく気は全くないのだ
黙っていても殺られる　反抗しても殺られる
分かっていた事だけど
姉さんはどう思う
言われるままに
吾が母やあの人と同じ血筋の天智天皇の娘《やまのべのこうじょ》という妻も娶ったし
命のさかりの二十三歳なのだよ

私が六つ貴方が四つの時にお母さまに死に別れ
私は十二の歳から伊勢神宮で神に仕える身となり都の噂にも疎い
こうやって二人
手を取り合って声を潜めていることさえ罪とされるかも知れない

たった一人の肉親と一晩抱《いだ》き合って泣いた
如何に生きがたきこの世でしょう

ふたり行けど行き過ぎがたき秋山をいかにか君がひとり越ゆらむ

巻2・106　大伯皇女

非の打ち処ひとつない男を　秋の朝　戸口に送る
三十里のみちのりを
伊勢　大宇陀《おおうだ》　初瀬　飛鳥
大津皇子《おとうと》は馬を駆って戻っていく
何かと口実を設けて殺そうと待ち構えている　あの人の元へ

弟は案の定　讒訴《ざんそ》にあって自害を迫られ
若い妻も半狂乱でその後を追ったと風の便りに聞かされた
やがて私にも都へ帰るよう命令が出た
あれほど生きたかった弟の白い骨を拾った
定められた懐かしい山に葬る
幼い頃　毎日見あげたあの山に

うつそみの人なるわれや　明日《あす》よりは二上山を弟《いろせ》とわが見む

巻2・165　大伯皇女

106　ふたりでも行けそうのない秋山をどうして君はひとり越えるか
165　なま身を持つ人のわたしが明日からは二上山を弟と思おう
＊あの人－鸕野讃良皇后、後の持統天皇

鳴神《なるかみ》相聞

鳴神の少し響《とよ》みてさし曇り　雨も降らぬか君をとどめむ
巻11・２５１３　柿本人麻呂歌集

鳴神の少し響みて降らずとも　われは留らむ妹《いも》しとどめば
巻11・２５１４　柿本人麻呂歌集

黒雲は遊山の空にたちまち現れて
ぴたり蓋をされたように蒸せあがる
ささなみの近江の野辺
首の後ろを
ざわりとなぞられる風が生まれ
白々となびきはじめた草の野

鳴神が来るぞう
荒れ狂うて来るぞう
皇子は馬を駆って
われら僕《しもべ》たちはひた走りに走って
ばらばらばらと里に宿を借りた

遅れて
官女たちも合流したのだが

鳴神に裳裾《もすそ》引かれてと
恥ずかしげに
しとどに濡れた胸をかばう女に
吾は心を吸い寄せられた
その理知
その美《うるわ》しき姿
いざその名を問わん

鳴神騒動に吾もわが身を忘れた若かりし頃
と
文机《ふづくえ》に身を寄せて筆を弄んでいる
君をとどめむ
妹しとどめば
ここのところだ
わざとらしさがなく
たがいの愛《いと》しい気持ちが表れているか否か
宴席の支度が調《ととの》いますればと
使いの者がそろそろ顔を出すはずだ

2513 雷が鳴り少し曇って来る
雨も降らぬか　君をとめよう
2514 雷が鳴り雨まで降ってこなくても
おれは泊まるよ　君がとめたら

妹が木枕《こまくら》

人の目があるからの　と言って
いつも誘いに乗ったわけではない
まだ明るい夕べ
軽の里の入口
賑やかな街道筋にあの女が人待ち顔に立っているのを遠目にみて
引き返したこともある

吾の家筋が立派というわけではない
吾の相貌が凛々しいなどとは思ってもいない
無邪気に女が添ってくるのは嬉しい
しかし思うのだ
喜びの時　歌をささげ
悲しみの時　歌をささげる吾の仕事
その歌は他の誰の歌より強く心をうつ
吾は持統天皇の信任厚い歌詠みだと
吾が胸に言い聞かせる
天皇の信任
何も無い吾には
それだけが心頼みだった
ふらふら浮き名を流してはいけない

使いが来た
女からの文かと思えば女の親からの召喚状だった
娘は急な病で死んだと
亡骸はすでに火葬に付して
幼い子だけが　泣きながら父親である貴方を待っていると

こんなことがあって　良いのだろうか
呆然と女がよく立っていた辻に立ってみる
いつも煩い畝傍山の鳥の声もせずしいんという音のない音が耳を圧する

吾が悪かった
ほんとうはもっともっと逢っていたかった
戻って来てくれ
魂《たま》振《ふ》りの袖を腕が痺れるほど振った

去年《こぞ》見てし秋の月夜《つくよ》は渡れども相見し妹は　いや年離《さか》る
巻2・214　柿本人麻呂

帰り来て　わが家を見れば玉床の外《ほか》に向きけり妹が木枕《こまくら》
巻2・216　柿本人麻呂

214　去年と同じ月夜が来たがともに見た
妻はいよいよ遠のいてゆく

216　帰って来て家の中を見ると閨の床の
外に向いている妻の木枕は

明石の大門《おほと》に

筆の才を買われて船に乗せられる
懇願されたから乗ったのだが
船の旅も日常から離されて
なかなか興味深いものがある
先ずは淡路島の野島へ

難波津から右手に島山を辿り
玉藻刈る敏馬《みぬめ》を過ぎて
櫂の音高く船は進む
しかし何と小さい船だ　釣り船とさほどの変わりがない

野島で泊まり
明るみはじめた東を見れば
大和の山々がぼうと霞んで見える
船の揺れが芯の方に残っていて身体もぼうとしているが
浜を吹く風が心地よい

更に西へ船は進み
加古の辺りへ下り立つ

それから幾日
買われた才を発揮して播磨の山路を歩いた
それは記すほどのことはない
大和への帰心のみが磨かれた日々だった

明石の門は大和をはるかに望み
潮が川のように流れ渦を巻き
水手《かこ》の腕が試される場だ

天離《あまざか》る雛《ひな》の長路ゆ　恋ひ来れば　明石の門《と》より大和島見ゆ
巻3・255　柿本人麻呂

ながの旅路は如何であったか
大君に問われし時に示すべき歌の数々を選んでいて
大和を後にした惜別歌がないのに気付く
急ぎ振り返って一首詠む

ともしびの明石《あかし》大門《おほと》に入らむ日や漕ぎ別れなむ家のあたり見ず
巻3・254　柿本人麻呂

255　遠々と長い旅路をこがれ来ると
明石の海から大和の山が見える
254　この船が明石の海に入る日には
いよいよ家が見えなくなろう
＊254は本来ならここに載せていない250
のあたりに入るべき

廃都にて

夫に従うか父に従うか
いにしえの女は常に試されていたのだ
天智《父》天皇に従い天武《夫》天皇と共に住まいした近江の都は
造られた頃から民の意には添わなかった
住み馴れた大和から遠く離れ
何故に鄙のこの地に来なければならなかったか
あぶなっかしいわらべ唄が流行り
倉庫から度々火を出した

父はたった五年でこの世を去られ
夫の翻した反旗で
わずか五年で近江の都は焼け落ちた

大和に戻り新しい都を立て夫を見送り最愛の息子を亡くした
孫に王位を継がすべく自ら王位に立った
もう二昔《ふたむかし》になる
あの廃都を今一度見て父に詫びたいとは思うが
父は怒っていないだろうか
あの粗筵《あらむしろ》を素足で歩く痺れるような計略の日々
思い出に持統天皇《吾》は堪えられるだろうか

腹心の歌詠みに代行させる

楽浪《ささなみ》の志賀の唐崎幸《さき》くあれど　大宮人《ひと》の船待ちかねつ

巻1・30　柿本人麻呂

いにしへの人にわれあれや　楽浪《ささなみ》の古き都を見れば悲しき

巻1・32　高市古人

古人よお前は若いではないか
いにしえ人などではない
という天智天皇の声がどこかから聞こえる
蘇我入鹿の首を切り飛ばしてから
二十年余りという歳月を蔭で画策してきた
韓の国を諦め強引に　ここ近江に都を建てた
激浪はもう嫌だ
海のように広く海より穏やかな近江の海を
日々見ながら政治を執りたいと思った
それが五年でこの廃都だ
持統天皇《わがむすめ》を恨んではいないが
若い藤の枝が焼け残った宮柱《みやばしら》にまつわりつき
薄紫の花をひらりと風に遊ばせておるぞ

30　(反歌)唐崎は昔のままで変わらぬが大宮人の船は見えない

32　昔者のわたしだからか楽浪の古い都を見ると悲しい

靡《なび》けこの山

朝廷からのいきなりの赴任命令には驚きました
しかし筆で生きるしか能のない吾　柿本人麻呂
持統天皇という大きな後ろ盾を失った吾です
唯々諾々と従ったのではありますが
ひとつだけ楽しみだったのは
依羅《よさみ》氏の縁戚が石見《いわみ》に重きをなしているという話でした

依羅氏といえば神と言われた方から別れた末の枝
石見の館には　それは利発な姫がおられて
田舎に置くのが惜しいほどじゃと

瀬戸内の海を渡り吉備の山を越えて
はるかな北にひろがる石見の海を見た時は驚きました
山がいきなり海に落ち込んでいるのです
島影も見えない海は
瀬戸内とはおおいに趣が異なります
そこでも人々は海に潜り
田に働き山に分け入り働いておりました

依羅の姫君は色白で見目麗しく

聞いた話どおり　利発すぎるのが難と言えようか
漢籍をこなし和歌を詠み
爺を持てなしてくれました
この歳にしてようやく落ち着いた愛を
気恥ずかしい事でございますが
心底から姫に愛を感じたのでございます

竜宮の話の慣わしのように勅命がまた届き
帰還せよとか
もうこのまま放っておいてはくれまいか
老い先の長くはない吾を
勅命となれば逆らうこともできず
重い荷を振り分けに背負った老いた牛のように
諸々と歩むしかできぬのか
案じ顔の若い姫に　この歳で再会できるとは到底思えず

この道の　八十隈《やそくま》ごとに　万《よろづ》たび　かへり見すれど　いや遠に　里
は離《さか》りぬ　いや高に　山も越え来《き》ぬ　夏草の　思ひ萎《しな》へて　偲《しの》ふら
む　妹が門見む　靡けこの山

巻2・131　柿本人麻呂

（前半省略）来る道の曲がり目ごとにいくたび
もふりむくけれど　遠々と里は離れた　高山
もいくつか越えた　夏草のごとくしおれて慕
う妻の　家のあたりを見よう　伏せよこの山

春の雑歌《ぞうか》

天智帝の娘が天武帝に嫁ぎ
天武帝の娘が天智帝の皇子に嫁ぎ
血縁でびっしり張り巡らされ　塗り固められた系図
盤石《ばんじやく》であった筈の天智政権が壬申の乱でほぐされ
天武系に移った

母が後宮の女官であって正統から遠かったせいか
私《志貴皇子》自身が幼すぎたためか
天智帝の第七皇子であったが
その　もつれにもつれた危機を
なんとか命長らえることができた

かすかに覚えている
山また山の吉野の離宮　天武天皇《おじさま》が正面に座られて
皇子たちが誓ったことを
「われら兄弟幼長あわせて十余人は
　助けあって争いなどは　決して致しません」
私も草壁皇子《いとこ》にならって口上を唱えた
後の持統天皇《おばさま》がよく言えたとほめて下さった
その後に食した美味しい餅の味も覚えているぞ

七年後天武天皇《おじさま》が崩御され
あの誓いから二十三年という歳月が流れた
あまたの兄君も病や謀略によってすでに亡く
政務のすべてを取り仕切っていた持統天皇がみまかられた
私はその葬儀の一部を任され忙しくしている
造御竈司長官というのだが
いかにも重々しい役名ではないか
おばさまには悪いが
頭の上のどっしりと積もっていた雪が
じわり溶けていくような爽快な気分だ
間もなく吾子も生まれる

男が三人集まれば謀議を企てているとみられ
文を渡せば密書と讒言《ざんげん》された時代はもうたくさんだ
安らかな日々を子供たちに残したい

岩そそく垂水《たるみ》の上のさわらびの　もえ出づる春になりにけるかも
巻8・1418　志貴皇子

おお春だ　いよいよ春だ　さわらびの萌え出る春だ　春が来たのだ
＊志貴皇子は天智天皇の第七皇子で第49代光仁天皇の父親にあたる

月の船出《い》づ

飛鳥の旧都を離れ
天武天皇が藤原の宮を造ったのをまねて
田や沼を埋め立てて
均して叩いて条理を通して
この平城京は造り始められたのだが
さていつになれば仕上がるのか
ようやくに基礎の礎石を置いたこの宵

人足どもも返したし
人目も気にならぬこの薄闇に
月が浮かれて出ている
肴が少なくて悪いが一献傾けようぞ
あれあの月は昔から月の船と言われている形ではないか

春日なる　三笠の山に　月の船出づ

おうおう　乗り心地よさそうな
雲が時に光を遮って波のような
まさに月の船が進んでくるようだ
吾も乗り込んでみようか

いずれは　ここも都《みやこ》と呼ばれ
吾らもいずれ都《みや》び男《お》よ
明るいのう
盃に映る月の影
盃と共に歌を返そうぞ

みやび男の　飲む杯に　影に見えつつ

巻7・1295　作者不明

次の返しの歌は如何せん
こうとあれこれ思うけれど
酒が頭を充たして何も浮かばぬのう
それにしても
月の船の上なる人の身はさまざまなれど
吾らに日々の糧が与えられ
たまにこうして盃を傾ける
上々の人生と思わぬか

春日のよ三笠の山に月の船が出た
粋人の飲むさかずきに影を落として
＊5・7・7・5・7・7の旋頭歌の問答、
または連続歌形式を採っている

浅茅原《あさぢはら》に吹く風を

遠《とお》の都といわれる大宰府の原を
風が
吹き抜けてゆく
学校《がくかう》、蔵司《くらのつかさ》、税司《ぜいのつかさ》、薬司《くすりのつかさ》、匠司《たくみのつかさ》、客館《かくかん》、兵馬所《ひやうましよ》、厨《くりや》、船所《ふなしよ》、警固所《けごしよ》
府庁から整然と港までつながる
この町この路地
道のはずれに白々と穂をゆらす
茅花《つばな》

吾　大伴旅人が畏れ多くも
征隼人持節大将軍《せいはやとじせつだいしようぐん》の任をうけて
九州は大隅《おおすみ》へ赴きしとき
知命《ちめい》に至りてこの荒行かと
痛む節々を嘆いたものだったが

なだらかに広がる大隅の山々
逆らう隼人らの住処《すみか》を焼きはらい
吾らは原野に野営した
春になると黒々とした焼け跡から

湧きだしたように生える蕨や茅花のたぐい
ことごとに大和に逆らう
しぶとい奴らのようだった

ああ　しかし
その柔らかく甘い穂を口にすると思い出す
子守のおなごたちと
籠を持って遊興した
幼い頃のふるさと
大和の春

また若い日
今はない女《ひと》を
こっそりと訪った
茅花のゆれる春の宵闇
おずおずと
柔らかに触れてきた細い指

浅茅原　つばらつばらに物思《も》へば　古りにし里し思《おも》ほゆるかも
巻3・333　大伴旅人

つくづくと物を思うと昔から住みなれた里が
しきりに思われる

いま都引き

昔こそ難波ゐなかと言われけめ　いま都引き都びにけり

巻3・312　藤原宇合《うまかい》

難波津の高々と茂った葦群に火を掛けた
焼き払う葦間から
ばさばさと羽音させて逃れ出る鴨の家族
それを狙っていた狐共も火に驚いてとび出してくる

平城京《ならのみやこ》の広大な長屋王の屋敷に火を掛けた
ひねり殺した王子たち幾たり
長屋王も毒を含んで果てた
儂《わし》ら藤原の世にするため
邪魔ものに火を掛けたのだと
人々には言わすまい
左道によって人を惑わすとの訴えが
讒言《ざんげん》であったと知れたのは後の事
儂は儂なりの仕事を残していくしかないではないか

切り開いた葦原に

船着き場を普請し諸方から船で木材を運び込む
石を切り
石を舟で運び込む
基礎を固め切石を置き太い柱を立てる
先にやすやすと焼失したという難波宮《なにわみや》の
草屋根ではないぞ
儂が遣唐使として遣わされたおりに振り仰いだ
反り返った瓦屋根の幾重にも重なる
唐のものにも優る堂々たる宮殿を造るのだ

なんのなんの平城京よりずっと華やかな都になるはずだ
牛車の行き交う大きな道
堅牢な倉庫群
儂らの屋敷も周辺に造って

さあさ地図を広げてみせよ
掘り込んだ水路が一直線に海に繋がり
華やかな文物が
波のように
難波へ押し寄せてくるさまが見られよう

むかしこそ　いなか難波といわれたろう
今は都で都びてきた

妹に恋ふれや

齢《よわい》六十を越えるので
吾《大伴旅人》が寿命も危ないと思って伴った大宰府だった
その妻が先に逝くとは思いもしなかった
病の床に伏したのも
死への戸口へ立っていくのも
人の世の権力ある従三位《じゅさんみ》　大宰帥《だざいのそち》という名の吾が力でも
引き止めることができなかった

ひとの勧めで大宰府近くの二日市《ふつかいち》の湯につかる
川の面を白い湯気が流れて
天を仰いでは
夕刻の嘆きか
ひとしきり泣き騒ぐ鶴の声がして
吾が胸もまことに騒がしい

湯の原に鳴く葦鶴《あしたづ》はわがごとく妹に恋ふれや　時わかず鳴く
巻6・961　大伴旅人

日を置かず
山上憶良殿が大層な巻紙を吾が館へ届けてくれた

百九十字に及ぶ釈迦牟尼の教えを入れた
痛切な漢詩文を前書きとした
「日本挽歌」と称した長歌と短歌だ
吾が身に成り代わって歌ってくれた歌の響き
「筆が口の如く廻らぬ」などと言っておられぬ気がした

妹が見し棟《おうち》の花は散りぬべし　わが泣く涙いまだ干《ひ》なくに
巻5・798　山上憶良

書く筆のあるかぎり書かねば
棟の花は散っても
その妻の姿を覚えている吾がいるかぎり
その感触を覚えている吾が生きているかぎり
いやいや
あるいは歌はその世代を超えて
鶴の姿が棟の花が
よろばうほどの妻への思いを伝えてくれるかもしれぬ

961　湯の原に鳴く葦鶴はおれのように妻に恋うのか　ひっきらず鳴く
798　妻の見た棟の花は散ったろう　おれの涙はまだ干ないのに

鳴くやうぐいす

春の野に鳴くやうぐいす　なつけむと　わが家《へ》の園に梅が花さく

巻6・837　筭師《さんし》志氏大道

九州は大宰府政庁のすぐそば
大路の外れにぐるりと塀をめぐらした豪壮な屋敷がある
これが大宰府帥《だざいふのそち》　大伴どのの館か
招かれて梅の宴に居並ぶけれど
すっかり気が動転してしまっている
銘々の前に置かれた足つきの盆
その上の皿に盛られた魚や肉
採ってきたばかりのみずみずしい菜また海草
今がまだ春の入口だということさえ忘れてしまいそうだ
客人は広い庭の周囲にぐるりと居並び
酒を盛られる

空気は清く風なごやかに
梅は白く咲き蘭が薫り
松は蓋《きぬがさ》のように広がり

呑むほどに景色にもすっかり呑まれていた
やおら亭主《大伴旅人殿》が立ち上がって
これを機会に歌集を編もうと言われる
亭主の趣向を知っていたので
半ばは観念して家を出てきたものの
数字をあやつるのが業の筭師《さんし》のおれに何を書けというのか
おお
墨の濃い匂いが漂ってきた
居並ぶ三十を越える上役同輩
彼らは何を綴るのだろう

歌はほんらい
あまり意味をなしてはならぬと自戒しつつ
走る筆に任せてはみたが
亭主どのはどう読んでくれるだろう
〈なつけむ〉などとは如何にも小賢しと思われぬだろうか

おれの庭に梅が咲いたよ　春の野に鳴くうぐ
いすを手なずけるために
*大宰府の算師は定員は一名。九州全域の租
税の集計を扱った

領巾《ひれ》振り物語

大伴狭提比古《さでひこ》
吾《われ》　大伴旅人から
数えて二〇〇〇年もの昔の若者
百済と任那に味方し新羅を打った
わが系図にも記された輝かしくも遠いその名
肥前の国風土記《ふどき》逸文《いつぶん》に残された物語の岸に立てば
帆をはためかせ櫓を漕ぎ渡る男たちの勢いが懐かしい

狭提比古が
大和から肥前の国に遣わされて
任那へ渡る月日の間に睦び合うた土地の豪族の娘
松浦《まつら》佐用姫

無事に海を渡っても新羅の戦いに命を落とされはせぬか
戦いに勝っても海を無事にお戻りになるか
ああ　お戻りになっても
わが手の届かぬ大和で偉くなってしまわれて
わが身はそのままに捨て置かれるのではないか
まことに測りがたい女人の想い

わが身に男をひき止める力がないと知ったとき
高い山の頂へ駆け上り
夫《つま》よ戻れ
船を返せ
諸々の神に念じて叫ぶ
ばあらばあらと領巾を振る
声は潮風に巻かれ千切られ
のども涸れ
涙も涸れて
佐用姫は
その姿のまま石になってしまったとか

大伴狭提比古
武門の誇り
とは言うものの
武門とは
そも何であろうか

行く船を振り留《とど》みかね　いかばかり恋《こほ》しくありけむ松浦佐用姫

巻5・875　大伴旅人

その領巾を振っても船を止めかねて姫はどんなに悲しかったたか

松浦《まつら》の鮎に

人皆の見らむ松浦の玉島か　見ずてや我は恋ひつつをらむ

巻5・862　大伴旅人

松浦の巡察の折に
日本書紀の事跡へ案内させる
かの神功皇后が西の方《かた》に財《たから》を求めんと
必勝の祈念をこめて鮎を釣られたという
その玉島の川辺へ

それから幾百年《いくとせ》
松浦川は清らかに流れ
神功皇后のお立ちになった大岩は
川の中ほどに今もどっしりとあり
光る鱗を翻す鮎は
生まれ変わり死に変わり
立ち止まることなく泳いでいる
その姿形《すがたかたち》をかの人とは比すべくもないが
岩の上に立ったり

しゃがんだり
女童《わらべ》たちが糸を垂らしている
傍らには笹を鰓《えら》から刺し連ね
また魚籠《びく》には跳ねる鮎
これこれ
大宰府帥《だざいふのそち》が来たとて追い払うではない

貸してみよ　その釣り竿を
かの神功皇后のなされたように
飯粒を餌として吾《大伴旅人》も占ってみようぞ
海の向こうの彼の国の動き
亡くした妻の魂の安住の地は得られたか
そして吾には待ち望む都からの呼び戻しが

有りや

無しや

だれも見る松浦の川の玉島をおれはまだ見ず
あこがれるのか

迷いの船

海は
難波の宮から瀬戸の海へとつながっている
太く朱い宮柱は
青い空へ突き上げて瓦を黒々と載せている
今までに
これほど立派な宮があったでしょうか
造営を始めてえいえい八年
私　船王《ふねのおおきみ》が宮仕え始めて七年
この目に納め手に触れる豪壮なかたち

てらてらと光る海を
船が滑っていきます白い帆をあげて
海の上に点在する島々
おお
遥かなあれが阿波の眉山《まよやま》でしょうか
女人の眉のように
かすみがちに穏やかかに浮いている

さあ　歌うて下され
琴をならし笛を吹き

さあ　舞《も》うて下され

眉《まよ》のごと雲居に見ゆる阿波の山　かけて榜《こ》ぐ舟泊《とまり》知らずも

巻6・998　船王

おおらかに袖ひるがえして舞うひとの
得意の頬を
風がなぜていました
このとき供された数多《あまた》の歌のなかで
この歌のみが幾代《いくよ》も歌い継がれたのは
〈泊知らずも〉
のひとことにあったと私は秘かに思うのです
畏れ多くも聖武天皇の
この後続いた都の変遷を揶揄した

揶揄したとはとんでもございませぬ
さあ歌いましょう
舞いましょう
笛の音をりょうりょうと
あの船へ届くまでに

阿波の山　眉のごとくにみえる山　めあてに
漕いで　どこに泊まろう

秋の七草いかゞかな

馬小屋から
尻込みする馬のように引き出されて
七回目を数える遣唐使船に書記官として乗せられた
親ほども歳の違う粟田《あわた》真人《まひと》どのの推薦のようだったが
四十歳に近くして無位無冠
やっているのは家周りのことだけで
これという仕事も任されず来た吾《山上憶良》には
勇躍するような
恐ろしいような二年間であった

粟田真人どのは
天武、持統両天皇に右腕のようにお仕えし
大宝律令を作るに関与し
平城京を造るに関与し
貨幣を造るに関与し
全く素晴らしいお方だ

吾とて帰朝後は
伯耆守《かみ》に任ぜられ
また筑前守に任ぜられてここに居るのだ

もちろん真人どのと較べてみるという恥ずべきことはしない
大宰府の大伴旅人どのの宴席に呼ばれ
秋の花を織り込んだ歌を所望され
すらすらと得意げに詠んではみせたけれど

萩の花　尾花葛花　なでしこの花
　をみなえし　またふじばかま　朝顔の花
巻8・1538　山上憶良

涼風に揺れる秋の野をがつがつ働く
馬車馬のごとき　吾
冠位十二階の最下位へでも
潜り込もうとする欲も望みもないが
馬に乗るゆったりとした風情
最高位である紫の被《かぶ》り物
なんと紫の色への羨望が見え隠れしていることか
早々に辞去して
妻子の待つ役宅へ
戻りたくなるのだ

萩の花　尾花葛花　なでしこの花　女郎花
それに藤袴　桔梗の七つ

熊凝《くまごり》無念

戻ってくると屋敷から
どこやら聞き慣れた声がする
父大伴旅人は前年にみまかられたが
ご先祖様を祀った棚になにやら紙束を置いて
しきりにしゃべっているのは
山上憶良のおじさまではございませぬか
無事　都へ召し上げられましたか
と軽口を叩ける相手でもないけれど懐かしさに心が騒ぐ

おお　若子《わこ》さま
このような歌をものしましたのじゃと言われて
憶良どのは　さらさらと紙を広げる
都へ帰るさの安芸国佐伯郡の駅家《はゆまや》で休んでおりますと
すこし前に肥後の国は益城《ましき》郡から
相撲の技で抜擢されて都へと連れられて通った十八歳の少年が
ここで亡くなったと聴いたのでございます
さらば
吾がその無念な熊凝《くまごり》少年に成り代わりその心情を述べてみたのですが　な

常知らぬ道の長途《ながて》をくれくれと　いかにか行かむ糧《かりて》はなしに

巻5・888　山上憶良

一世《ひとよ》には　ふたたび見えぬ父母を置きてや長く吾《あ》が別れなむ

巻5・891　山上憶良

肥後の国から安芸の国なら都へのほぼ半分の距離でしょうか
吾《家持》らは父と大宰府から馬で帰りましたが
その少年は歩行《かち》だったのでありましょうね
しかし相撲の抜擢といえば古くは野見宿祢《のみのすくね》ではありませぬか
がっちりした体格でしたろうに
都での活躍を夢見た
熊凝の父君も母君も
まさかとお思いだったでしょう

ところで
おじさま《山上憶良》の成り変わりの術は相変わらず冴えていらっしゃいますね
いえいえ　吾が生意気にも申したのではなく
その　父のいます棚から　父が申したのでございます

888　知りもせぬ長い旅路をあてもなく
どうして行こう糧さえ持たずに
891　一生に二度と会えない父母を残して
長く別れることか

笠郎女《かさのいらつめ》の恋

日々の鍛錬にと裏山で声を上げていたおり
その女
笠郎女と出逢ったのだった
若さま美味しい餅がありますよ
などと甘い声をかけられて悪い気もせず話がはずみ

託馬野《たくまの》に　生《お》ふる紫草衣《むらさききぬ》に染め　いまだ着ずして　色に出にけり
巻3・395　笠郎女

などと　たあいもない文が山の上から届くと
いそいそと出掛けたりした
毎日のように届く文が少し気鬱になり始めたのは
決してその人の家が名家でないからでも
はるかな歳上だからでもなかった

朝霧の　おほに相見し人ゆゑに　いのち死ぬべく　恋ひわたるかも
巻4・599　笠郎女

わが思ひを　人に知るれや玉櫛笥《たまくしげ》　開きあけつと　夢《いめ》にし見ゆる
巻4・591　笠郎女

もし母なれば健やかに育てと念じるものではないか
姉であってもお互いにと気付けあうものではないか
生き死にを吾に言うか
夢にみたのは吾らの仲をひとに告げたのではないかと吾を責めるか

ふるさとへ帰るのだと報せてきたのを幸い
もう逢うまいと心に決めた

笠郎女から届いた　麗しくも重い二十七首の歌が
いつ覗いても文箱の底にある
したためた吾の二首の歌も渡せず文箱の底に
さてどうしたものか

いまさらに妹に逢はめやと思へかも　ここだわが胸鬱悒《おほほ》しからむ
巻4・611　大伴家持

395　託馬野のあの紫草できもの染めまだ着ないのに人に知られた

599　ついちょっと逢ったばかりの人なのにいのち死ぬほど思い続ける

591　櫛箱の蓋をあけたと見た夢はわたしを人にうちあけたせいか

611　いまははや君に逢えぬと思うのか胸が塞がり裂けそうである

あはれその鳥

うぐひすの生卵《かひこ》のなかに　ほととぎすひとり生れて　汝が父に似ては鳴かず　汝が母に似ては鳴かず　卯の花の咲きたる野べゆ　飛び翔けり来鳴き響《とよ》もし　たちばなの花を居散らし　ひねもすに鳴けど聞きよし　幣《まひ》はせむ遠くな行きそ　我が屋戸《やと》の花たちばなに　住みわたれ鳥

巻9・1755　高橋虫麻呂

父　大伴旅人の残した文箱にある高橋虫麻呂歌集をひもといてみる
一字一字筆に置いてみると尚更しみてくる情
虫麻呂は物語歌をたくさん記したが
この歌は抜群に吾が胸に迫るものがある
下級官吏で終えたと聞く虫麻呂は生卵《かひこ》の中に目覚めたのかも知れぬ
実の父と離れ
実の母と離れて育つものの寂しさを知っているひとの歌だ
ほととぎすの花への狼藉をも愛おしむ歌だ

吾　大伴家持も　とは言わぬ
傍系の母に産ませた吾を大伴氏の後継に据え
書を教え　武術を教え　交友を教えるために父は吾を引き回した
大宰府の赴任にも幼くして同道させた

吾も　時に花に狼藉を働きたいと無性に思った
父はたくさんほととぎすの歌を作ったが
そんな思いも入っているのだろうか

かき霧《き》らし雨の降る夜をほととぎす鳴きてゆくなり　あはれその鳥
巻９・１７５６　高橋虫麻呂歌集より

ひとり寝の屋敷うちで耳を澄ましていると
北から南へ
虚　虚　虚　と啼きながら空を渡っていく
昼間　たちばなの枝をくぐり
賑やかに声をあげているものと同じには思えぬ
育った若い雄鳥《おとこどり》が
いずこへか惹かれるままに帰って行く声だろうか

虚　虚　虚　虚　と

１７５５　うぐいすのたまごとともに生まれ出たあのほととぎす　孵されたその父母のうぐいすに似てもなかぬが　卯の花の咲いた野べから飛びかけり来鳴きさわいで　たちばなの花を散らしてさわいでも聞きよい声だ　物はやる遠くへ行くな　わが家の花たちばなに　居つづけて鳴け

１７５６　空がくもり雨の降る夜をほととぎすが鳴いて行ったよ　あわれあの鳥

ほととぎすに寄せて

死の間近な父上《大伴旅人》は吾《家持》をその枕辺へ招いた
お前も知っておろうが吾等大伴は
父祖の代から近衛の兵として仕えた
大君の行くてこそ吾等の行くてなのだ
そして祖の代からの
近衛兵として仕えた刀を示した
家訓である歌を示した
海行かば　水漬《みづ》く屍《かばね》　山行かば　草生《む》す屍
大君の辺《へ》にこそ死なめ　のどには死なじ
これこそお前の行く道であると

また一つは大宰府にも携行された見覚えのある硯
文武両道とは行かぬかもしれぬが
文はまた人を助くるもの
これをお前に遺ろう

大和《やまと》には鳴きてか来《く》らむほととぎす　汝《な》が鳴くごとになき人おもほゆ
巻10・1956

物思ふと寝《い》ねぬ朝けにほととぎす　鳴きてさ渡るすべなきまでに
巻10・1960

父の執着したほととぎすが鳴いている
まだ若く宮仕えもならぬ吾を慰めるように
ほととぎすが鳴いている

柿本人麻呂歌集を座右に置いて
一音一字を綴っている
春の雑歌　春の相聞
夏の雑歌　夏の相聞
花に寄せて
鳥に寄せて
七夕に寄せて

墨の香りが部屋に満ち満ちて
筆が吾を
辛うじて立たせてくれているように思う
父よ

１９５６　大和まで鳴いて行くのかほととぎすよ
　　　　　お前が鳴くと亡い人が思われる
１９６０　物を思い眠れぬ夜明けほととぎすが
　　　　　鳴いて通るよ　やるせないまでに

＊この歌は詞書も後の説明もない。永井の「万葉集は家持の個人歌集である」という論に従って、家持の若かりし日の作とみなして作った。

艱難新羅使《かんなんしらぎし》

大君の御言《みこと》かしこみ大船の　行きのまにまに宿りするかも
巻15・3644　雪宅麻呂《ゆきのやかまろ》

新羅の使いをその文言が無礼だと追い返し
沸いた朝議で
何故に吾らが更なる詰問に発たねばならぬのか
まことに気の重い役割だ
難波の湊を六月《みなづき》に発ってより
瀬戸内をゆらゆらと進む
櫓《ろ》こぎの平船《ひらふね》とはいえ
太古の丸木舟ではあるまいに
行きては停まり
行きては停まり
風浪にもてあそばれる

恒例なれば秋には帰るぞ
紅葉を一緒に楽しもうと約束したのだ
女にも嘆かれているだろう
相聞歌を作り
人麻呂の古歌を暗唱《そらん》じ

重い船脚を励ましながら
幾日が経っただろうか
ひじき灘に鼻先をだしたらこの激浪だ

立ち寄った大宰府で貰った病だろうか
冒頭の歌を作った宅麻呂が壱岐で死んだ
宅麻呂だけではない
ようように新羅へたどり着いたものの
副使の身にありながら
吾　大伴《おおともの》三《み》中《なか》は病にふせり
発熱
節々の痛み
咳やら下痢
あらゆる鬼神にとりつかれて
詰問どころか
かの国の王に会うことも叶わなかった
帰りの対馬では正使である阿倍継麻呂が死んだ
ああ
無事に帰国できたとして
聖武天皇に　なんと奏上するべきか

大君の仰せを受けて大船のとまるまにまに旅
　寝をするよ

許されぬ恋

神に仕える中臣氏《なかとみうじ》の
あれが若さまと噂し合った
故あって洗濯や炊事に駆り立てられるはした女《め》の 私《狭野弟上娘子》に
目を掛け手に触れ　荒れた手よと
柔らかな絹の布団に　ふたりくるまった
このような事がこの世にあるのか

やはり神の怒りに触れたのだ
ひとが支配するこの世の掟にも
でも
何故あの人だけが遠い越前の鄙の地へ流されるのでしょう

君が行く道の長途《ながて》を繰り畳《たた》ね　焼きほろぼさむ天《あめ》の火もがも
巻15・3724　狭野弟上娘子《さののおとがみのおとめ》

かしこみと告《の》らずありしを　み越路《こしじ》の峠《たむけ》に立ちて妹が名告《の》りつ
巻15・3730　中臣朝臣宅守《なかとみあそみやかもり》

詮議の席では知らぬとひと言のみを言い続け
狭野弟上娘子をかばって来たつもりだった
遠い地に配流される身には娘子《おとめ》を守り続けることができぬ

吾の仕える神にその名を告げて祈ろう
許されて都へ戻るまで無事であれかし
娘子よ

激しいひとだった
そう思うのは離れているからか
一途に吾を見る目が吾を錯乱させた
橘の繁る花辺に引き寄せた
白い花
強いかおり
散り敷く花
娘子よ

味真野《あじまの》に宿れる君が帰り来む　時の迎へをいつとか待たむ
巻15・3770　狭野弟上娘子

わが屋戸《やど》の花たちばなはいたづらに散りか過ぐらむ　見る人なしに
巻15・3779　中臣朝臣宅守

3724　君の行く道をことごとくたぐり寄せ焼き尽くすべき天の火がないか
3730　つつしんで言わずにいたのにこの越の峠でついに妻の名を言った
3770　味真野に泊まった君が帰る日をいつだと待って出迎えようか
3779　わが家の花たちばなはわけもなく散ってしまうか見る人もなく

病往来《やまいおうらい》

うぐひすの鳴き散らすらむ春の花いつしか君と手折《たを》りかざさむ
二月二十九日　巻17・3966　大伴家持

うぐひすの来鳴く山吹うたがたも　君が手触れず花散らめやも
三月二日　巻17・3968　大伴池主

山吹の茂み飛び潜《く》くうぐひすの　声を聞くならむ君は羨《とも》しも
三月三日　巻17・3971　大伴家持

山吹は日に日に咲きぬ　うるはしと　吾《あ》が思《も》ふ君はしくしく思ほゆ
三月五日　巻17・3974大伴池主

十三歳で父はみまかり　二十歳で宮仕えの身となった
二十七歳でようよう五位の位を授かった
武門の誉れ　大伴の氏《うじ》を背負う責務が与えられたのだった
そうして国司としての赴任だ

都では何の兆しもなく弟が死に
任地の天離《あまさか》る鄙《ひな》の越の国の巡覧の仕事をなせぬ内に雪降りとなり
見る間に尺余の雪が積もるのだ
都では競って歌った豊作の雪が
見る間に

雪におされて吾《われ》も死ぬべき病に罹った
越《こし》は遠い国
雪の国
都から薬師《くすし》を呼ぶこともない
妻も枕辺にはいない
何もない
誰もいない
春は遠い

まだ三十路の肉体はあらがい
その熱が下がり微《わず》かに花の色も見え
縁戚の好漢　池主との恋歌めいた熱い歌のやり取りに
ようやく生気が戻った気がする

川辺へ降りてあるいは山路を歩み
花を手折るぞ

今

3966　うぐいすの散らすであろう春の花いつになったら君とかざせる
3968　うぐいすが来てもおそらく山吹は君が触れぬと散らぬであろう
3971　山吹の茂みを移るうぐいすの声の聞かれる君がうらやましい
3974　山吹は日に日に咲いた　いとしいとわが思う君はしきりに思われる

家持《やかもち》の落胆

越の国に赴任中のことだ
都より大きな喜びごとが伝えられた
陸奥《みちのく》の国に黄金《こがね》が発掘されたという
三年前に崩御された母君の元正《げんしょう》天皇の改葬を終え
僧行基が八十歳でみまかり
ひどく落胆しておられた聖武天皇の
盧舎那《るしゃな》大仏《だいぶつ》建立の悲願が大きく肯《うべな》われたのだ

たちまちの恩赦で
罪人は許され各官の昇進が告示された
吾、大伴家持も漏れず
従五位下《じゅごいのげ》から従五位上《じゅごいのじょう》へ昇進したのも喜ばしい
聖武天皇はわが祖《おや》の代から伝えられた
海行かば　水漬《みづ》く屍《かばね》　山行かば　草生《む》す屍
大君の辺《へ》にこそ死なめ　のどには死なじ
という言葉を添えられて近衛の兵として仕えた武門を
大伴や佐伯と名を挙げて激励してくださった
また在地の女子供にまでその徳を分け与えられた

葦原の瑞穂の国の草がことごとく靡《なび》くがごとく
民はひれ伏した
噂した

ああしかし
余りにも多くの喜びの宴のなかに
吾　大伴家持の用意した歌が
詠み上げられる機会は持たれなかった
祖の代から伝来の言葉を織り込んだ吾等《われら》大伴氏の心意気
その長歌は巻紙にさらさらと流れ
文《ふみ》の司《つかさ》としても名を挙ぐべき機会がむざむざ流れ
文箱《ふばこ》の底に固まっている

海行かば水漬《みづ》く屍《かばね》　山行かば草生《む》す屍　大君の辺《へ》にこそ死なめ　顧
みはせじと言立《ことだ》て　ますらをの清きその名を　いにしへよ今の現《うつつ》に
流さへる祖《おや》の子どもぞ
巻18・4094　大伴家持

（前・後部を省略している）海ならば水に屍　山
ならば草に屍　大君のおそばで死のう　かえ
りみはしまいと言って　勇士たるすばらしい
名を　昔から今の今まで伝えて来た　先祖の
あとだ

越《こし》の堅香子《かたかご》

越の国の守《かみ》となりてすでに幾年か
赴任の年に大病を患ったほかは
おおむね順調に過ごした
ようやく妻をこの国に呼び寄せ
共寝の安らぎを味わっている
あちこちの美しい景色も見せた

都では美麗な大仏が造られているという
越の国には東大寺の寺領が増えて
この秋には寺の僧をもてなし
その進捗を知ることができた
都へ戻る日もいよいよかなと思う
古くからの武門
大伴の氏《うじ》の上という地位も背負わねば

冷たい朝の風を切って駒を走らせる
奈呉《なご》の浦、渋谷《しぶたに》を通り英遠《あお》の浜まで
帰りは白く光る立山《たちやま》を仰ぎながら諾足《だくあし》で駆ける
寺の傍の井戸で駒を休ませる

鞍を外し水をやり
びっしょり濡れて湯気立てている背を拭いてやる
崖のところに群れて咲く堅香子の花
妻へのみやげにしよう

もののふの八十《やそ》少女《おとめ》らが汲《く》みまがふ　寺井の上のかたかごの花
巻19・4143　大伴家持

少女らの嬌声が聞こえる
少女らは
何故にあのように無邪気に
口を開けて笑うことができるのだろうか
堅香子の春を喜ぶ姿のようだ
お役人さま
と挨拶する少女も幾たりか見覚えている
吾がこの地に根付いているという証だ
彼岸会《ひがんえ》があるのです
見上げる子の愛しさ
そうそう
吾も今日は国分寺に呼ばれておるのだった

少女らがいくたりも来て汲みかわす
寺井のほとりのかたくりの花

絆を結ばれ

葦の葉の繁る水辺に
葦の葉を敷き屋根を葺き
魚を捕り市に運んで暮らしておりました
その日暮らしの安気さと
不安ともども手をとりあって

水が冷たくなり魚が眠り手も入れられぬ時は相携えて町へ出ます
男が歌えば女が舞い
板戸の隙間からなどと　そうれそうれ　見まいことか
子供までもが見よう見まねで鼓を打ちます
冬の晴れ間にひと踊り

見物の方々の　キビの一握り　或いは粟や麦の一握り
囃子の声のそのひと声がわれらの糧《かて》となりますれば
うそかまことか　古代より伝わりたる祝《ほ》ぎ歌を
もう一声歌いまする

朝廷から使いが来たのだとよ　このあばら家に
歌う者　踊る者　その他の芸のある者を集めよとのお達しだ
役人は籠もる臭気に鼻押さえながらわれらを引っ立てる

葦の家は取り壊された　二度とここへ戻らぬようにと
やくたいもない街角で踊るのではないぞ
高貴な方々の前で歌い踊るのだと
湯浴みさせながらそいつらは言う
涙するわれら歌う男や女の代わりに
その高貴な方が歌にして下さった
それをわれらが歌うのだ

馬にこそ絆《ふもだし》掛くもの　牛にこそ鼻縄着《は》くれ　あしひきの　この片
山の樅楡《もむにれ》を五百枝《いほえ》剥《は》き垂り　天照《あまて》るや日の気《け》に干し　さひづるや柄《から》
臼《うす》につき　庭に立つ摺臼《すりうす》につき　押し照るや難波の小江の初垂《はつたり》塩を
辛く垂り来て　陶人《すゑびと》の作れる瓶《かめ》を今日行き明日取り持ち来《き》　我が目
らに塩塗り給《た》び　もちはやすも　もちはやすも

巻16・3886　作者不明

馬にかけるほだしをかけ　牛につける鼻縄を
つけ　山も山この片山の樅楡を剥いでは垂ら
し　からからに天日に干して　つぶつぶに柄
臼でつき　こなごなに摺り臼でつき　難波で
は堀江でできた初垂の濃塩を持って　瀬戸物
師の作った瓶を今日行って明日持ってきて
わたしの目に塩を塗られ　ほめられることほ
められること

禁足せられし時の歌

大宰府に共にある時
父　大伴旅人の文箱にそれを見つけたのだった
みごとな筆跡の紙をするすると広げる吾に
それはの　と父が話しかけられた
この大宰府へ下る別れの宴の時にもたらされたものよ
正月の宴に大臣《おおおみ》達が集《つど》っている時
その子息たちが蹴鞠《けまり》をせんとて
春日野に集って授刀寮《たちはきりょう》を空にしたらしい
彼らは即刻に禁足処分となったのだが
今どきの若い奴らのすることといったら
寮の壁にかような歌を貼りだしてのう

待ちかてにわがする春を　かけまくもあやに畏《かしこ》く　言はまくも　ゆ
ゆしからむと　あらかじめ　かねて知りせば　ちどり鳴くその佐保
川に　岩に生ふる菅《すげ》の根取りて　しのふ草祓《はら》へてましを　行く水
に禊《みそ》ぎてましを大君の御言《みこと》かしこみ　ももしきの大宮人の　玉鉾《たまほこ》の
道にも出でず恋ふるこのころ

巻6・948　作者不明

反歌一首

梅柳過ぐらく惜しみ佐保の内に遊びしことを宮もとどろに

巻6・949　作者不明

まったく反省どころか反歌までこしらえおって
しかし何じゃの
若さが溌剌と感じられる上に諷刺もあって
なかなかに技巧を凝らした素晴らしい作と思わぬか
しのふ草祓へてましを　行く水に禊ぎてましを　など
皇室の神頼みを茶化したようにも読めるぞ
道にも出でず恋ふるこのごろ
と慎ましく控えてみせても　このまま公にすれば
禁足では済まぬところだったかも知れぬのお
都を後にする高官でもある吾にこれを預けたのは
破り捨てることもならず朝廷に持ち出すこともならず
ともかく見せましたぞと
奴らの上役の苦肉の策であったのかなぁ
父は笑って済まされたが
それは歌を知る人の笑いであったと今さらに思うのだ

948
（前半省略している）待ちかねた春の日だのに　口に出し言葉に出して申すのもはばかりあると　あらかじめ知っておったら　ちどり鳴くあの佐保川で岩に生えた菅の根を取り　罪咎を祓い清めて川水に流したろうに　大君の仰せのままに大宮の官人たちが家を出ず道にも出ずにさびしい日が続く

949
梅が散り柳の過ぎる惜しさから佐保に遊んで大ごとになった

七夕歌

唐風《からふう》を模した七夕の宴を聖武天皇が持たれると叔父上を通して聞いた
未だ若くて朝廷へ出仕していなかった頃の話だ
吾が家の庭に筵を延べ燈明《あかり》を灯し　ひとり七夕歌を作ったことがあった
六十首もだ　神憑りのようであったと今さらに懐かしい

年にありて今か枕《ま》くらむ　ぬばたまの夜露隠《かく》りに遠妻《とほつま》の手を
巻10・2035　作者不明

夕べにもなれば暑気は霧散し辺りはひんやりと浸潤し
東の空に箒で掃き散らしたような天の川が輝きを増してくる
白い薄雲がそれを横切れば　おお　と感応し

秋風の吹きただよはす白雲は　たなばたつめの天つ領巾《ひれ》かも
巻10・2041　作者不明

空一面にばらまかれた星をかき分け泳ぎ
彦星になりかわり織姫になりかわり恋うという想いに憧れは募った
柿本人麻呂歌集に出てくる月人男《つきひとおとこ》に吾もなりたいものと思い
天の川に細い月を浮かべてみたりもした

秋風の清き夕べに天の川　船こぎ渡る月人男

巻10・２０４３　作者不明

遠い唐の七夕の話では女が男を訪なうというが
吾が国には妻問いの習いがある
人目を気にして毎日逢うこともならず女からの使いを悶々として待つ
吾らが習い

天の川瀬々に白波高けども　ただ渡り来ぬ待たば苦しみ

巻10・２０８５　作者不明

嬉々として筆を走らせている吾《家持》を父は彼《か》の世から見ておられるだろうか
山上憶良殿はなかなかの成り代わりぶりと褒めて下さるだろうか

あれから　はやり病が大宰府に入り大和へ入り
権勢をふるっていた藤原の四人の兄弟があっけなく次々と亡くなった
そのような時代であった

２０３５　一年に一度の今夜遠妻の手をまき寝るか夜霧がくれに
２０４１　秋風の吹きなびかせる白雲はたなばた姫の領巾であろうか
２０４３　秋風のすがしい夕べ天の川を漕いで渡るよ月人男は
２０８５　天の川はどの瀬も波が高いけれどただ(一途に)渡って来た、
待つのがつらくて

＊この歌群には詞書がない。永井の「万葉集は家持の個人歌集である」という論に従って、この作者不明の一群は家持の若かりし日の作とみなして作った

言《こと》申さずて

旅行《たびゆき》に行くと知らずて　母父《あもしし》に言《こと》申さずて　今ぞくやしけ

巻20・4376　作者不明

大和からのお役人が親様の家に来たのだと
その男と一緒に親様が小屋をめぐって若い男を狩りたてていく
谷向こうの兄やんも何年か前につれていかれた
山で母親とひっそり暮らしていた兄やんもだ

どうか連れていかねでくろうという哀願も
この子が居ねくなったら
生活の目途が立たんくなると母親が訴えても
親様は辛そうな顔をなさるだけだ

おめえが居なぐなっても邑《むら》のみんなで助げっぺから
と他の邑人と口裏を合わせる
何しろお役人が来たのだから
手ぶらで帰すわけにいかんだろう
お前の子でなければうちの子が出なければならんはめになる

大和は国のまほろば
大路《おおじ》が貫き
朱い柱のすっくと立った宮殿
あでやかな着物を着こなした女人
その姿を若いお前は一目見たくはないか
と俺を誘い
お前が行ってくれなければ儂の親様としての威厳はどうなる
と俺を脅し
たった三年の年期を勤めれば栄えある都の兵士に取り立てられるかも
と俺に甘言し

俺は防人に応じたのだった
東国からはるばる難波《なにわ》まで歩き
あでやかな大和を目にする暇もなく
難波から船で
瀬戸内をゆらりゆられて
筑紫に送られたのだった

旅に出ることとも知らず父母に暇乞いせず来
たくやしさよ

＊家持は七五五年に筑紫に送られる防人たち
から一五八首の歌を収集して、九一首を残
している。地域は遠江、相模、駿河、上総、
下総、上野、常陸、埼玉、信濃などで、常
陸が一番遠い

戯《ざ》れ歌

藤原仲麻呂がぐんぐん頭角を現してきて
吾が後ろ盾たる　橘《たちばなのもろえ》諸兄殿が圧され気味の頃であった

ざわざわしき宴であったことよ
披露された古い歌に習って
目の前にあるものを課題として詠み込んだ歌を作った者もいる
それも二点や三点ではない
みごとに詠み込んだ歌は素晴らしいと思うが
気心しれた仲間どうしといえ
顔の醜さを嗤ったり
しぐさの可笑しさを上げたり
そのような歌の応酬は子供の喧嘩じみておる
いつも七難《しちむずか》しい顔をしている吾　大伴家持が
次のような歌を詠んでしまったのは場の流れというしかない

石麻呂《いわまろ》にわれ物申す　夏痩せによしといふものぞ鰻取り召せ
巻16・3853　大伴家持

父の代からの繋がりある氏といえど
石麻呂は驚いたであろう

梅の花やうぐいすではなく
浅黒い痩せたその身が歌の素材になってしまったのであるから
炭火あぶりに丸斬りの鰻を串刺した図を思い出したか
しかしながら奴は
医の心得もあろうものをあの痩せ具合は如何に
ついつい続編も書いてしまったぞ

痩す痩すも生けらばあらむをはたやはた　むなぎを取ると川に流るな

巻16・３８５４　大伴家持

あれから橘諸兄殿はみまかられ
仲麻呂を除こうとした御子息の奈良麻呂殿は反逆の罪に問われ
越中で歌を遣り取りした大伴池主も連座して
鞭打たれて命絶えたという
数知れぬ死罪に流罪
それから　よからぬ謀《はかりごと》をするやもしれぬと
たわいない宴も禁止されてしまった
かくなりてみれば
やんやと意地になって筆を執った時が懐かしい

３８５３　石麻呂にもの申すが夏痩せによいと
いうんだよ鰻食いたまえ
３８５４　痩せていても生きておったら幸せだ
うなぎ取ると川にはまるな

相か別れむ

吾《大伴家持》が後ろ楯でもあった　橘《たちばなの》諸兄《もろえ》殿がみまかられた
若い頃からお仕えした
出家されていた聖武天皇が崩御された
聖武天皇のお子の女天皇がここ数年表に出て
平城宮は藤原仲麻呂という藤の蔓が
ぐるりと押さえようとしている
吾ら大伴の本分は天皇をお守りすることにあるという
父祖の教えを説いても聞いてくれぬ氏の者たちが捕らえられた
橘奈良麻呂の乱と世に言う
乱は起こしておらぬ
起こそうとした手から
水が洩れたのだ　余りに杜撰《ずさん》な計画の

乱の仲間から外れていたのが認められ
吾は処断はされなかったが
諸兄殿の後継者　奈良麻呂は首謀者として処刑された
嵐の中　鑑真和尚を唐よりお連れした
あの硬骨漢　大伴古麻呂が処刑された
越中や大和で何度も歌を交わした
心優しい大伴池主が処刑された

一年経って因幡守に任じられた
四、五年は都へ帰ることもないだろう
都から離れてみようと納得して
大原《おおはらの》真《ま》人《ひと》今《いま》城《き》殿の送別の宴に臨む
歌の伝承も得意だった今城殿の応対に心和む
いつか詠った椿の木の根元に
青い葉がさやさやと群をなしておる
七月　萩の花の咲くにはまだ早くて
一首したためる

秋風の末吹きなびく萩の花　ともにかざさず相か別れむ
巻20・4515　大伴家持

言葉の詮議が進んでおる
あらぬ意味を付加する輩がいる
ともにかざすという言葉でさえ危ういという奴が出るかもしれぬ
秋風には戸をたて口を閉ざさねばならぬのか

秋風の吹きなびかせる萩の花をかざして飲まず
別れることか
＊女天皇＝孝謙天皇。重祚して称徳天皇。
＊いつか詠った…＝あしひきの八峰《やつを》の椿つらつらに
見とも飽かめや植えてける君

いや重《し》け吉言《よごと》

新《あら》しき年の始めの初春の　けふ降る雪のいや重《し》け吉事《よごと》
巻20・4516　大伴家持

誹謗讒言《ひぼうざんげん》の降りしきる都を離れ
因幡《いなば》の国府へ打ちやられてほぼ一年
この国の冬空は低く海は荒い
腰の低く口の重いこの国ひと
吾《われ》をあがめてみせても話しわたることはない

幼くして父と大宰府にありしとき
歌の師として叔母坂上郎女《さかのうえのいらつめ》を得た
山上憶良どのもみえられた
賑やかだった遠の都の宴の日々

都へ戻り十三歳で父　旅人を見失い
以来
父をなぞるように歌の道をなぞってきた
越中に赴任の折は歌の友に大伴池主《おおとものいけぬし》を得て
嬉しいとき辛いときに歌を送れば

たちまちに返歌をたずさえ奴は顔をみせた
そんな風な
父にも負けぬ
歌に明け歌に暮れる日々を過ごした

その池主も都の嵐に巻かれて死んでしまった
自ら踊ったのか
踊らされたのか
いちばん悲痛なのは
歌を詠んでも奴を呼んでも返ってこないことだ

もうやめよう
やめようと思っても
歌は韻律を持って生き物のように口から滑り出て
手は筆を走らせるのだ

いや重け吉事
いや重け吉言

初春だ　年の初めだ　しあわせよ　積み重なれ
今日の雪のごとく

＊この歌が万葉集の最後を飾っています。家持はこの後、二十七年を武人として生きました。

あとがき

二〇一一年から始まった私の万葉集の旅は終わった。いや、終わったわけではないが、ここらで一区切りとしたい。注釈をつけながら詩誌「リヴィエール」に発表していた詩群に多少の改変をした。万葉集の歌の一つ一つの解釈はいろいろな方がやってこられた。ネット上で論陣を張っている人もたくさんいて、大いに参考にさせていただいた。しかし、この詩集は解釈ではない。奈良時代当時の時間空間に身を置いて作った創作である。時々に感じたことやその時代の解説はエッセイ集『永井ますみの万葉かたり——古代ブロガー家持の夢』にまとめたのでそれも同時に読んでいただきたいと思っている。そこでも口うるさく書いていることがある。エッセイ集を読めない方のために、重ねて少し添えておきたい。

万葉集は四五一六首の歌からなっている。編集者は諸説あり、まだ確定していないが、私は大伴家持の説を取る。ただし、彼が天皇の命を受けてというのではなく、彼の収集したり、書き置いた個人的な膨大な歌の束だったという立場である。家持の死の直後、七八五年に起きた「藤原種継暗殺事件」の首謀者として罰せられたとき、すべてが官に没収された。それが赦されたのは二〇年もたった八〇五年である。それから資料が放出され、注目した人が読みやすい形にして世間に出したと思われる。しかしその頃には、一字一音に込められた万葉仮名を読み切る人がいなくなっていた。世は漢字と平仮名の時代になっていたのである。

いくらかは愛読者もでき、平仮名で書かれた万葉集の一節は高貴な女性の嫁入り道具などにもされたという。それは以後に広まった日本の文学の基と言える。万葉集には歌日記風あり、物語風あり、庶民の歌あり、もちろん激しい恋の歌ありで、正に日本最古の文学である。今は英語訳もあると聞く。私自身英語が読めないのが残念であるが。

私の一貫して参考にしたのは昭和三十四年発行された筑摩書房版『古典日本文学全集』（村木清一郎訳）である。彼は一八八七年に大館に生まれ、早稲田大学英文科を卒業。一九一六年に高等女学校の教諭になりその後大館中学に勤務した。一九五五年に『譯萬葉』を予約限定出版。この『譯萬葉』は、万葉集全四五三六首（番外を含む）を「五・七・五・七・七」の三十一音の美しい短歌の形で口語訳したもので、前人未踏の偉業であった。一九六六年死去。（以上、大館市のＨＰを参照）

これがいろいろな文学者の解説をふくんだ『古典日本文学全集　萬葉集上・下』に収録されたものと思います。

天皇の上につく字は諡《おくりな》といって、生前のその人を彷彿させる文字が与えられた。生前に例えば「聖武天皇」と呼んでいたわけではないが、この本では便宜上聞きなれたその名をつけて呼ばせていただいた。集中、作者不明の歌を大伴家持の歌として創作の基にした作品がある。これについても詳しくはエッセイ集を読んでいただきたい。

表紙は、竹林館から提案のあった「多賀城万葉デジタルミュージアム」の絵を使わせていただいた。多賀城はまさに大伴家持の最後の任地であり、縁を感じる。洋画家・故日下常由氏は多賀城政庁跡の発掘に遭遇、触発されたことを契機として『万葉集』を題材とした一連の絵画を描かれたそうだ。そして、多賀城市に寄贈されたということだ。

この表紙は万葉集巻一の1の雄略天皇の長歌、籠もよみ籠もち　掘串もよみ掘串もち……から構想されている。女の子への求婚の歌とされているが、【大和の国の長宣言】とも読まれて、なかなか興味深い歌である。

皆さまには、ながながとおつき合いいただきありがとうございました。

二〇一八年六月七日

永井ますみ

永井ますみ（ながい　ますみ）

既刊詩集
『風の中で』（一九七二年　新詩流社）
『街』（一九七四年　VAN書房）
『コスモスの森』（一九八二年　近文社）
『うたって』（一九八六年　近文社）
『時の本棚』（一九九五年　摩耶出版）
『おとぎ創詩・はなさか』（一九九六年　竹林館）
『ヨシダさんの夜』（二〇〇二年　土曜美術社出版販売）
『弥生の昔の物語』（二〇〇八年　土曜美術社出版販売）
『短詩抄』（二〇〇九年　私家版）
『愛のかたち』（二〇〇九年　土曜美術社出版販売）
『永井ますみ詩集　新・日本現代詩文庫110』（二〇一三年　土曜美術社出版販売）

エッセイ集
『弥生ノート』（二〇〇八年　私家版）
『永井ますみの万葉かたり――古代ブロガー家持の夢』（二〇一八年　竹林館）

所属
「関西詩人協会」「兵庫県現代詩協会」「日本詩人クラブ」「ひょうご日本歌曲の会」会員
「リヴィエール」同人　「現代詩神戸」主宰

住所　〒651-1213　神戸市北区広陵町1-28　石井方

万葉創詩――いや重《し》け吉事《よごと》

二〇一八年七月一〇日　第一刷発行
著　者　永井ますみ
発行人　左子真由美
発行所　㈱竹林館
〒530-0044　大阪市北区東天満2-9-4　千代田ビル東館7階FG
Tel　06-4801-6111　Fax　06-4801-6112
郵便振替　00980-9-44593
URL http://www.chikurinkan.co.jp
印刷・製本　モリモト印刷株式会社
〒162-0813　東京都新宿区東五軒町3-19

ISBN978-4-86000-381-4　C0092
定価はカバーに表示しています。落丁・乱丁はお取り替えいたします。